빵
빠
익
선

목차

에
필
로
그

나는 빵순이다.

빵에 진심!
어떤 걸 먹지?
그것이 문제로다!
아, 이 빵…
너무 맛있다!!
강추!!

뭐 좋아하세요?
저는
빵 좋아해요.

저도 빵 좋아해요!
어머 진짜요?
그 집 빵 드셔보셨어요?
거기 어쩌고저쩌고…
이 집은 이 빵이 맛있고
어쩌구저쩌구…

아…
와… 빵을
정말 좋아하시네요.
저는 그 정도는
아닌 것 같아요.

막내를 학교에 데려다준 후 집으로 돌아오는 가벼운 발걸음. 골목에 퍼지는 학교 앞 빵집의 버터 향. 엘리베이터를 타지 않고 두 칸씩 계단을 올라 도착한 집 앞에서 몰아쉬는 거친 숨. 요란하게 비밀번호를 누른 후 현관문을 열었을 때의 고요함. 기분에 따라 캡슐을 골라 넣은 커피 머신이 내는 기계음과 섞인 커피 향. 냉동실에 가득한 빵. 큰맘 먹고 사들인 리클라이너에 몸을 맡겼을 때, 몸을 감싸는 가죽이 만드는 푹신함. 새로운 빵집 앞에서 감출 수 없는 두근거림.

오늘은 어떤 빵을 먹을까' 실패하지 않길 바라는 마음. 포크를 칼 삼아 자른 스타벅스 당근 케이크 한 조각을 입에 넣었을 때의 익숙한 기쁨. 땅콩버터를 잔뜩 바른 바삭한 식빵 한 조각. 거실 식탁 위 장미꽃 딱 한 송이만 담긴 꽃병. 세탁한 이불을 턱까지 끌어당길 때 콧속 가득 들어오는 섬유유연제 향. 오늘따라 꽤 들어줄 만한 내 피아노 연주. 인스타그램 속 모르는 이가 내 그림에 눌러준 '좋아요'. 운동 후 도드라지게 젖은 겨드랑이의 얼룩.

작지만 확실한 행복을 자주 느껴야 한다고들 하니, 생각만 해도 입꼬리가 올라가는 것들을 적어보았다. 열 개 넘게 적은 리스트에 빵을 여섯 개나 적었다. 아무리 빵순이라지만 이 정도일 줄이야. 행복이 그리 멀리 있지 않다는 데 진심으로 동의하지만, 아무리 빵을 좋아해도 그렇지 '행복'이라는 단어에 '빵'을 갖다 붙이는 건 소박하다 못해 조금 하찮지 않나 싶다. 그렇다고 부인하기는 어렵다. 좋아하는 빵 얘기를 할 때면 나도 모르게 목소리가 커지는 바람에 오죽하면 집 밖에서도 내가 빵 얘기하는 게 들릴 정도라니 말이다.

이쯤에서 인정해야겠다. 나는 손바닥만 한 '빵'으로도 행복해지는 사람이다. 소확행 리스트를 몇 개 적지 못하는 것보다야 훨씬 낫지 않을까. 내가 알고 있는 빵 종류만큼, 아니 아직 맛보지 못한 세상의 모든 빵만큼이나 행복해질 기회가 있다는 뜻이니까. 게다가 빵은 어디에나 있으니 얼마나 다행인지 모르겠다. 빵이라서 하찮다는 말은 취소다. 좋아하는 빵은 아무래도 많을수록 좋겠다. '빵빵익선'이란 소리다.

아이들이 모두 잠든 후 거실에 앉아 아이패드로 그림 그리는 시간을 즐긴다. 조금만 그리다 자려고 마음먹었던 밤에도, 빵만 그리기 시작하면 한자리에 앉아 한두 시간씩 그리곤 했다. 수없이 많은 빵 중에서도 유독 내 마음을 사로잡아 그림으로까지 남기고 싶었던 빵은 맛만큼이나 얽힌 이야기도 맛있었다.

그 이야기를 글로 남기고 싶어졌다. '어떤 빵 이야기를 쓸까?' 생각만으로도 가슴이 두근거린다. 벌써 이렇게 빵으로 작지만 확실한 행복을 느끼는 나를 발견한다. 세상 모든 빵과 그 빵을 만드는 사람들에게까지 감사하는 마음이 넘쳐흐른다.

역시 빵은 행복이다.

치트키의 탄생
- 당근 케이크

두 달간의 긴 방학이
드디어 끝났다!!
축 개학
올레!!

개학 날 아침
그 어느 때보다 인내하며
나 이 옷 안 입을래.
불편하단 말이야!!
그렇구나…
이 옷이 불편하구나…
(부글부글)
참자. 참자.

그 어느 때보다 빠르게!!!
엄마, 좀 천천히 가~~
엄마, 우리 안 늦었어~
나 홀로
파워 워킹ing

개학식
아이들을 들여보내고
잘 다녀와!!

한눈팔지 않고 잽싸게

♥ 도착한 그곳 ♥

OPEN

포장해 주세요!
BUCKS

N
바로 이거지!!
행복이 극대화되었습니다.

당근 케이크를 좋아한다. 닭볶음탕을 먹을 때마다 냄비 바닥이 드러나도록 긁어 먹으면서도 끝내 건지지 않았던 그 당근이라는 채소로 케이크를 만들 수 있다는 사실만으로도 놀랐는데, 심지어 맛있다니! 내가 알던 그 당근이 들어간 게 맞아? 포크를 휘저어 작은 주황색 조각을 기어이 눈으로 확인하고 나서야 의심의 눈초리를 거둘 수 있었다. 감동의 첫 만남 이후로 언제 어디서나 새로운 당근 케이크를 만날 때면 누가 말릴 새도 없이 지갑을 열게 되었다.

케이크를 만든 사람 수만큼이나 다양한 종류의 당근 케이크가 존재한다고 해도 과언이 아니었다. 동그란 케이크, 네모난 케이크 등 생김새는 말할 것도 없고 치즈, 시나몬, 채 썬 당근, 견과류같이 들어간 재료나 양에 따라 달라지는 케이크까지. 빵순이로서 당연하게도 케이크를 하나하나 고찰하기에 이르렀다. 부스러기 없이 깔끔하게 조각나는 케이크들은 심미적으로 만족스럽지 않았고, 뽀얀 치즈를 푸짐하게 올린 치즈 반 빵 반인 케이크는 보기에는 먹음직스러웠지만 빵의 질감을 가려버리는 치즈가 내게는 너무 과했다. 크림치즈, 빵, 견과류까지 내가 좋아하는 것들을 하나로 모아 알맞게 버무려놓았으니 모든 당근 케이크가 옳았지만, 새로운 케이크를 시도할수록 '더 선호하는 당근 케이크'가 생기기 시작했다.

그런 나의 최애가 뭐냐 물으신다면, 수제 케이크 전문점의 케이크도, 유명 호텔 베이커리의 케이크도 아니었다. 무수히 많은 시식 끝에 찾은 나의 최애는 지금은 사라지고 만 스타벅스의 '호두 당근 케이크' 였다. 동그란 빵 위에 크림치즈를 얹고, 다시 그 위에 빵을, 또 그 위에 크림치즈를 얹은 모양새다. 사이사이의 크림치즈 두께가 그리 두껍지 않아 빵의 존재감을 가리지 않는 범위에서 치즈의 풍미를 느끼기에 알맞았다. 케이크를 뜰 때마다 우수수 떨어지는 옆면 가득한 고소하고 씁쓸한 호두 알갱이. 어쩔 수 없이 먹을 때마다 흔적을 남기는 그 과한 호두가 좋았다.

최애를 찾았음에도 여전히 지구상에 더 맛있는 당근 케이크가 존재할 수도 있다는 희망의 끈을 부여잡고 새로운 당근 케이크를 만날 때면 어김없이 홀린 듯 지갑을 열지만, 첫 입을 먹은 후에 드는 생각은 늘 같았다.

‘역시 최애가 변하긴 쉽지 않겠어.’

수고한 내게 큰 상을 주고 싶은 날, 이를테면 아이들 개학 날이라든지 명절 연휴 끝이라든지 나는 망설이지 않고 스타벅스로 향하곤 했다. 엎어지면 코 닿을 거리에 이름난 수제 케이크 전문점이 있다는 친구가 하나도 부럽지 않았다. 기분을 단시간에 끌어올릴 방법을 아는 것, 당근 케이크를 좋아한다는 것에서 그치지 않고 내 마음에 딱 드는 당근 케이크를 찾은 내가 대견했다. 당근 케이크를 좋아하는 것과 가장 좋아하는 당근 케이크가 있다는 것은 한 끗 차이지만, 그 한 끗으로 행복의 치트키가 탄생한다.

아쉽게도 이 글을 쓰는 동안 스타벅스의 호두 당근 케이크가 단종됐다는 소식을 접했다. 치트키를 잃었다는 아쉬움을 잠시 느꼈지만, 다시 최애 당근 케이크를 찾을 생각에 가슴이 뛰기 시작했다. 치트키를 찾기 위한 여정조차 내겐 큰 기쁨이기에 앞으로도 더 맛있는 당근 케이크를 찾는 수고를 아끼지 않으리라.

그만한 이유
- 컵케이크

18

프로스팅이란?

케이크 같은 시트 위에 얇게 바르는 막을 아이싱이라고 해요.
아이싱보다 조금 두껍게 만든 게 프로스팅인데,
프로스팅은 장식용이나 필링용으로 사용합니다.
설탕으로 만드니까 달겠죠?

빵을 살펴볼까요?

푹신푹신하고 가벼워요!
달아요!

촉촉하고 묵직해요!
반죽에 초콜릿, 견과류 등을 넣기도 해요!

상대적으로 좀 더 달달한 컵케이크는 디저트에,
묵직한 머핀은 아침 식사에
더 어울려요.

어디까지나 뇌피셜이므로
먹고 싶은 걸로 맛있게 드시길!!

기나긴 쇼핑 중에 잠시 숨을 고르러 들어간 카페에서, 아이들과 한바탕 놀고 난 후 들어간 카페에서 고민할 여지 없이 가장 달달해 보이는 조각 케이크를 고른다. 당이 떨어졌다고 느낀 순간, 한 입 베어 문 케이크가 채워주는 극적인 에너지를 거부할 수 있는 사람은 많지 않을 것이다. 많이도 필요 없다. 그 작은 케이크 한 조각이면 충분하다.

미국에서 잠시 지낼 무렵, 그곳에서 살고 있던 지인이 내게 빵집 리스트를 건네주었다. 많은 사람이 미국에 대해 오해하고 있는 것 중 하나는 미국 빵이 맛있을 거라는 건데, 아니다. 빵은 한국이 최고다. 파티의 나라인 만큼 영화에나 나올 법한 화려한 케이크는 넘치지만 너무 달아서 정작 먹을 만한 건 구하기가 쉽지 않았다. 자주 먹는 식빵 또한 결결이 찢어지는 촉촉한 건 찾기 힘들었다. 그런 상황에서 지인이 건넨 빵집 리스트가 얼마나 소중했겠는가. 목록을 죽 살펴보다가 미국 컵케이크치고 꽤 먹을 만한 집이라는 설명에 시선이 멈추었다. 집에서 5분 거리의 몰에 있는 가게였다. 현관문을 열기만 하면 걸어서 전 세계의 다양한 음식을 맛볼 수 있는 한국과 달리 미국은 주거 단지와 상업 단지가 꽤 떨어져 있어 생수만 사려고 해도 차로 10분은 나가야 했다. 식료품점, 카페, 피자집 등 필요한 건 웬만큼 다 갖추고 있는 몰이 5분 거리에 있다는 것만으로도 감사했는데 그 곳에 그 컵케이크 가게가 있다니! 운명이었다.

아이들 등교 첫날을 기념하는 의미로 컵케이크를 사 왔다. 독특한 프로스팅에 감탄이 절로 나왔다. 뱀이 똬리를 튼 듯 프로스팅이 빵을 가득 덮는 형태의 일반 컵케이크와 달리, 컵케이크 꼭대기 한가운데에서부터 몸통 중간까지 도톰한 프로스팅이 마치 머리카락처럼 한 줄씩 그어져 있었다. 예사롭지 않은 자태에 기대감을 잔뜩 안고 프로스팅과 빵이 적당하게 나눠지도록 포크를 이용해 한 입 크기로 잘랐다. 컵케이크의 생명은 다 먹을 때까지 빵과 프로스팅이 적당히 분배되도록 먹는 데 있다. 자른 조각 일부가 바닥에 떨어져 행여나 이상적인 비율이 깨질까 싶어 포크를 잡지 않은 손으로 공중의 포크를 호위하며 입에 넣었다. 빵은 촉촉했고, 새하얀 프로스팅이 달긴 했지만 군데군데 빈틈이 있어서인지 너무 달게 느껴지지 않았다. 달콤함이 적당했다는 첫

인상은 곧 두 번째 구매를 불렀다. 이웃집에 방문할 때도, 단지 우유를 사러 몰에 들렀을 때도 컵케이크 가게 문을 열곤 했다.

연이은 컵케이크 구매에 흡족한 나는 아이의 생일 파티를 위해 컵케이크와 같은 형태의 홀 케이크를 덜컥 예약해 버렸다. 매장에는 여러 가지 주제로 만든 생일 케이크 사진이 걸려 있었는데, 갈 때마다 아이들이 신기해하던 가짜 야구공이 얹힌 케이크를 선택했다. 덕분에 아이들에게 크게 인심 쓰는 엄마가 된 것은 물론이고, 늘 한 포크씩 모자랐던 컵케이크를 양껏 먹을 기회가 생겼다는 생각에 생일 주인공만큼이나 잠을 설쳤다.

드디어 아이의 생일날, 케이크를 꺼내자 야구공으로 장식된 케이크에 감탄이 쏟아졌다. 컵케이크는 먹어봤지만 홀 케이크는 처음 본다며 어른들도 잔뜩 기대하고 있었다. 큼지막하게 조각을 내어 접시에 옮겨 담고 드디어 베어 문 한 입. 그런데 맛이 좀 묘하다. 맛있게 먹던 그 컵케이크의 감동은 온데간데없고 촉촉했던 빵은 눅눅함으로, 적당히 달았던 프로스팅은 느끼함으로 다가왔다. 다들 맛있다고 했지만 시간이 지나도 양이 줄지 않아 결국 남은 케이크를 집으로 싸 들고 왔다. 실온에 너무 오래 둔 탓일까 싶어서 냉장실에 넣어보고, 냉동실에도 넣어보았으나 컵케이크의 감동을 다시 느낄 순 없었다. 그 후로 한동안 컵케이크를 쳐다보기조차 힘들었다. 좋게 말하면 나는 홀 케이크의 거대함에 압도됐고, 좀 더 솔직히 말하면 질려버렸다. 그날 이후, 컵케이크 가게를 지날 때도 눈길조차 주지 않을 정도로 컵케이크와 멀어졌다.

어린 시절, 작은 요구르트 한 병에 만족하지 못하고 두 번째 요구르트에 빨대를 꽂으며 왜 이렇게 작게 만드는지 모르겠다고 불평을 늘어놓곤 했다. 대학 신입생 환영회에서 요구르트 여러 병을 한데 부어 누가 빨리 먹는가를 겨룬 대회에서 1등을 한 친구가 양손으로 입을 틀어막으며 화장실로 달려가는 걸 보며 깨달았다. 요구르트병 크키가 그만한 데는 다 이유가 있구나.

컵케이크가 그만한 데도 이유가 있었다. 컵케이크는 컵케이크 크기로 만들었을 때 그 맛이 가장 잘 살아난다. 맛있다고 크게 만들면 맛의 황금 비율이 깨지는 모양이다. 좋은 것을 크고 많이 가지는 게 언제나 옳은 일은 아닌 듯하다. '질린다'라는 말은 '더 이상 좋아하지 않는다'라는 말보다 더 가슴 아프다. 그렇게 즐겨 먹던 컵케이크가 하루 만에 쳐다보기도 힘든 음식이 되어버린 것은 내 입에도, 컵케이크에도 미안한 일이었다.

그로부터 몇 달이 지난 지금도 컵케이크를 사 먹지 못하지만 그걸 떠올리는 마음이 예전만큼 힘들지는 않다. 다시 슬쩍슬쩍 컵케이크 가게 앞을 기웃거리는 날도 있다. 진작 이만큼 거리를 둘걸….

취향 존중
- 베이글

아직도 베이글을
크림치즈랑만 먹는 사람 손~!!

지금부터 내가 하는 얘기 잘 들어!
라슨 케어풀레!!

'록스 베이글'이라고 들어는 봤나?

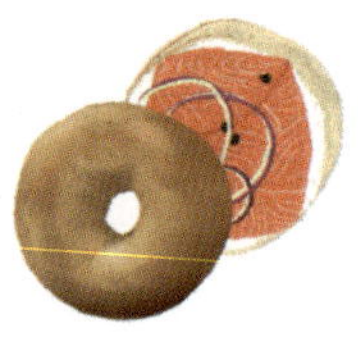

베이글 좀 먹는다는
뉴욕에서는 말이지,
록스 베이글을 먹어.

록스 (lox)는 '절인 연어 필레'라는 뜻이야.

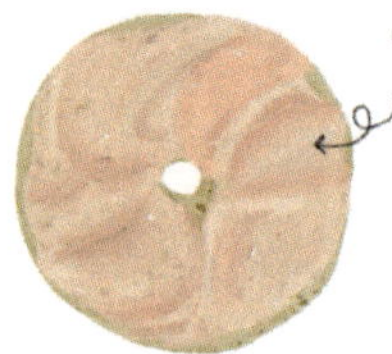

반 자른 베이글 한쪽 면에
크림치즈를 듬뿍 바르고

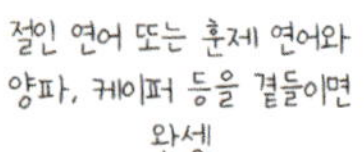

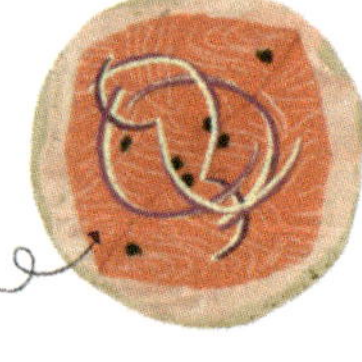

절인 연어 또는 훈제 연어와
양파, 케이퍼 등을 곁들이면
완성!

연어 덕분에
하나만 먹어도 든든해서
뉴욕 직장인들이
끼니로 자주 먹는다나.

뉴욕에는 못 가도
뉴욕 베이글은 먹을 수 있으니 얼마나 좋아!

토요일 아침이 기대되는 이유는 실컷 놀아도 다음 날이 일요일이라는 안도감 때문이다. 사실 내게는 그보다 더 큰 이유가 하나 더 있는데, 바로 우리 집 토요일 아침 메뉴가 공식적으로 베이글로 지정되었다는 것이다. 물론 그 메뉴를 지정한 사람은 바로 나다.

우리 집 식사 메뉴 책임자로서 가장 골치 아픈 일은 '오늘은 도대체 무얼 해 먹일 것인가'하는 문제다. 엘에이갈비 하나를 먹더라도 뼈와 멀찍이 떨어져 있는 부드러운 살만 먹는 녀석, 뼈에 붙은 쫄깃한 살을 좋아해 뼈째 주면 손에 들고 이리저리 쪽쪽 빨아먹는 녀석 둘과 같이 살고 있기 때문이다. 살만 좋아하는 녀석은 해산물을 싫어하고, 뼈를 좋아하는 녀석은 해산물도 좋아해서 생선을 굽는 날엔 두부도 함께 굽고, 치킨을 시킬 땐 순살과 뼈를 동시에 주문한다.

이렇게 다른 두 아이가 한마음일 때가 있으니 아침마다 "빵보단 밥"이라고 외칠 때다. 다행히 나는 새벽형 인간인 데다 '아침밥은 꼭 든든히 먹어야 한다'고 생각하는 K-주부다. 평일엔 아침마다 부지런히 두부도 굽고, 계란찜도 해가며 가족 입맛에 최대

한 맞추어 식사를 준비하니, 토요일만큼은 내가 좋아하는 빵을 먹자고 선언했다.

바삭하게 구운 식빵에 잼을 쓱쓱 발라주거나, 로켓배송으로 받은 햄 치즈 샌드위치를 마치 내가 만든 듯 접시에 올려놓거나, 빵집에서 이것저것 집어와 펼쳐놓고 먹으면 좋겠지만 안타깝게도 두 녀석은 빵 취향마저 일치하지 않았다. 이런저런 시도 끝에 될 대로 돼라는 심정으로 여섯 개들이 봉지를 두 개씩 묶어 파는 베이글을 샀다. 베이글의 퍽퍽한 식감을 아이들이 좋아할 가능성은 희박해 보였지만, 그 퍽퍽한 식감이야말로 내가 베이글을 즐기는 이유다. 아이들 취향이 아니라면 반으로 쓱 갈라 냉동실에 보관했다가 에어프라이어에 살짝 구워 나라도 먹자는 심정이었다. 이마저도 안 통하면 오늘은 진짜 그냥 굶기겠다는 각오로 딸기잼, 땅콩잼, 플레인 크림치즈, 어니언 크림치즈 등 베이글과 어울릴 만한 스프레드를 종류별로 다 갖춰 내놓고 아이들의 반응을 기다렸다. 큰아이는 어니언 크림치즈에 '엄지척'을 날려주었지만 둘째는 그 어떤 스프레드와도 친해지지 않았다. 막상 굶기려니 베이글이 뭐라고 애를 굶기나 싶어 주섬주

섬 밥과 반찬을 꺼내려 냉장고 문을 열자, 어제 아이가 나초를 찍어 먹던 살사 소스가 눈에 들어왔다.

"살사 소스랑 먹어볼래?"

그날부터 우리 집 토요일 아침 메뉴는 베이글과 살사 소스를 포함한 각종 스프레드로 정해졌다. 이 정도면 스프레드를 먹기 위해 베이글을 먹는 거라고 봐도 무방할 만큼 스프레드에 진심인 나는 온갖 종류의 스프레드를 꺼내 베이글 한 상을 차려 먹는다. 맛은 말할 것도 없고 골라 먹는 재미가 있다.

주는 대로 먹으라고 하면 될 것을 유난을 떤다고, 남편은 내게 말한다. 어릴 적 나의 달걀프라이 취향은 오버 미디엄(over meduim)에 소금과 후추 톡톡이었고, 두 동생의 취향은 오버 이지(over easy)에 케첩이었다. 엄마는 "주는 대로 먹어"같은 말을 하지 않으셨다. 우리의 취향을 존중해 주셨다. 그러니 내게는 이게 유난이 아닌 기본값인 셈이다. 어쩌면 아이들의 편식은 취향을 존중받아 본 사람만이 가질 수 있는 까칠함이 아닐까. 그 편식이 평생 가면 또 어떤가. 취향이 없는 어른으로 자라는 것보단 낫지.

아이들을 보내고 들른 마트에서 오랜만에 딸기

크림치즈를 카트에 담았다. 월요일이지만 공휴일인 내일 아침으로 베이글을 구워야겠다. 늘 먹던 스프레드도 꺼내고 딸기 크림치즈도 꺼내야겠다. 발라 먹을 것이 이렇게나 무궁무진한 베이글이야말로 취향 존중의 대명사다.

내 모습 그대로
- 스콘

스콘은 식사인가, 디저트인가?

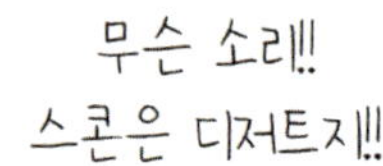

애프터눈 티 문화 모르나?
영국 귀족들이 애프터눈에 티와
스콘을 같이 먹었다잖아.
스콘은 간식, 즉 디저트라고!

스콘, 당신의 선택은?

빵 덕후라고 해서 모든 빵을 다 좋아하는 건 아니다. 팥빵, 슈크림 빵, 생크림 빵처럼 한 입 베어 물어 그 속을 확인하기 전까지는 도저히 무슨 빵인지 알 수가 없는 필링을 가득 채워 만든 빵을 좋아하는 사람이 있는 반면, 겉모양만 봐도 무슨 빵인지 단번에 알 수 있는 겉과 속이 같은 빵을 좋아하는 사람도 있다. 좋아하는 빵들을 떠올려보니 나는 후자에 가까운 사람이었다. '스콘'이라고 커다랗게 써놓은 메모가 없어도 누구나 스콘인 걸 알 수 있는 그런 빵을 좋아한다. 모양을 잡는다고 잡았지만 반죽을 너무 치대면 글루텐이 생겨 질감이 달라진다나. 투박한 겉모습도 정이 간다. 필링이 들어간 빵의 매끈함과는 전혀 다른 매력이다.

"도입부(introduction)가 너무 약해. 이 실험이 얼마나 중요한지 자신감 있게 소개해야 하는데 혜진이 논문은 그게 부족해."

실험과 논문 쓰기를 반복하던 대학원 시절, 지도 교수님은 내 논문을 읽을 때마다 말씀하셨다. 정곡을 찔린 듯했다. 실험 결과를 적고 결론을 도출하는 건 어렵지 않았다. 뺄 것도, 더할 것도 없이 얻은 결과 그대로 적으면 될 일이었다. 도입부는 달랐다. 논문의 내용을 요약한 초록(abstract)을 제외하고, 편집자나 독자가 가장 먼저 만나게 되는 부분이니 강렬한 인상을 남겨야 했다. 내가 왜 이 연구를 시작하게 되었는지, 이 연구가 얼마나 중요한지, 향후 이 분야에 어떤 큰 영향을 미칠지를 자신감 있게 적어야 했다. 없는 것을 있다고 하면 거짓이겠지만 있는 것을 좀 더 매력적으로 보이도록 쓰는 기술이 필요했다.

머리카락 굵기만 한 면적에 그보다 작은 물질을 합성해서 분석하는 연구를 했다. 수없이 반복한 실험을 통해 유의미한 경향성을 얻었지만 불쑥불쑥 예외적으로 나타나는 변수 때문에 결과 앞에서 당당하기 어려웠다. 첫인상을 결정하는 중요한 도입부에서 이런 나의 마음이 고스란히 드러났다. 결국 학위를 받는 순간에도 내 실험을 제대로 포장하는 법을 익히지 못했다. 이런 공학박사도 괜찮을까 고민하던 시기에 찾아온 아이 덕분에 나는 잠시 실험을 내려놓을 수 있었다. 그때까지만 해도 육아는 잠시 쉬어가는 시간이라고, 나는 평생 실험하고 연구하는 사람으로 살 거라는 생각에는 변함없었다.

아이를 키우는 일은 실험보다 백배는 어려웠다. 계획대로 되지 않았다. 그러나 아이러니하게도 계획대로 되지 않는다는 것이 나를 이전보다 훨씬 자유롭게 했다. 스톱워치를 세 개씩 써가며 실험하던 내가 시계를 보지 않고 원하는 만큼 아이와 산책할 수 있었다. 실험은 계획해서 분석 결과를 얻을 때까지 짧게는 며칠, 길게는 일주일을 기다려야 했지만 아이는 '까꿍' 한마디면 1초 만에 까르르 웃어주었다. 무엇보다 도입부니, 결론이니, 뭔가를 증명하고 포장할 필요가 없다는 것이 좋았다. 세상에 나온 것만으로도 축복인 아이를 키우는 행위를 증명할 필요도, 포장할 이유도 없었다. 처음이라 서툴고 투박했지만 아이와 나, 단둘뿐인 시간 속에서 나는 내 모습 그대로 있으면 됐다. 속과 다를 바 없는 거칠고 투박한 겉모습을 아무렇지 않게 툭 드러내는 스콘처럼 말이다.

육아를 하느니 출근을 하겠다던 친구들과 달리, 아이에게 집중하고 눈을 맞춰 충분히 교감하는 시간을 즐겼다. 아이의 모든 '처음'을 함께할 수 있음에, 날마다 성장하는 아이를 볼 수 있음에 감사했다. 김 박사로 불리던 내가 누구의 엄마로 불리는 것이 억울하지 않았다.

어느 날, 아이는 내게 코끼리를 그려달라고 했다. 코끼리가 어떻게 생겼더라. 그림책을 펼쳐놓고 코끼리를 따라 그리기 시작하자, 펜에 발이라도 달린 듯 그림을 그리는 내 손이 그렇게 경쾌할 수가 없었다. 두 아이를 모두 어린이집에 보내며 주어진 자유 시간에 그림을 배워야겠다고 결심한 것은 그날 그린 코끼리 덕분이었다. 미술 학원에 등록하고 연필을 쥐는 법부터 시작했다. 일주일에 한 번, 학원에 가는 시간을 손꼽아 기다렸다. 머릿속 상상이 종이 위에 펼쳐질 때의 희열이 좋았다. 이사와 코로나19 라는 변수 덕에 시작한 디지털 드로잉은 언제 어디서나 캔버스를 펼쳐 그릴 수 있다는 매력이 있었다. 그 편리함에 반해 버린 나는 더욱 그리는 내 모습에 몰입하기 시작했다. 그림책 작가를 꿈꾸고, 그림 에세이 출간을 준비하고, 인스타그램에 웹툰을 올리는 내 모습이 마음에 들었다.

스콘을 좋아하는 이유가 겉과 속이 같기 때문만은 아니다. 스콘처럼 모양이 제각각인 빵도 없다. 도톰한 피자 조각을 연상시키는 세모 모양의 스콘, 아이스크림 스쿠프로 반죽을 가득 떠서 만들었을 법한 동그란 스콘, 아무렇게나 되는 대로 뚝 떼어 만든 듯한 못난이 스콘까지 같은 반죽으로도 다양한 모양을 만들 수 있는 변화무쌍함. 어떤 모양이든 스콘이라는 사실은 변하지 않을 거라는 자신감이 좋다. 김 박사든, 엄마든, 김 작가든 어떤 모습이든 간에 내가 나라는 사실은 변하지 않을 거라는 확신을 얻는다.

여전히 나는 내 그림과 글을 포장하는 법을 잘

모른다. 자기 PR 시대라며 매력을 맘껏 드러내는 사람들이 조금 부러울 때도 있다. '팥이 듬뿍 들어 있는 팥빵'이라고 커다랗게 메모를 붙여놔야 사람들이 팥빵인 걸 알 수 있듯이, 나를 위한 그럴듯한 메모지 한 장 챙겨야 할까 고민하기도 한다. 그런 날에는 빵집에 간다. 필링을 넣은 매끈한 빵을 지나쳐 스콘 앞에 서서 생각한다. 지금 내 모습이 좋다면, 그것으로도 충분하다고.

성공할 수밖에 없는
- 초콜릿 칩 쿠키

이게 그냥 쿠키라면

얜… 르뱅 쿠키야.

딱 커피 한 잔만 사려고 들어간 카페, 계산대 앞 작은 바구니 속의 손바닥만 한 초콜릿 칩 쿠키를 그냥 지나치지 못한다.

"바삭한 쿠키인가요? 촉촉한 쿠키인가요?"

촉촉한 쿠키, 그중에서도 초콜릿 칩이 과하다 싶게 박혀 있다면 반드시 하나 집어 함께 계산하곤 한다. 바로 먹는 일은 거의 없다. 가방에 넣고 다니다가 심심한 입을 달래거나, 꼬르륵 소리를 내는 배를

진정시키기 위한 비상용이다. 배가 고프면 사나워지는 내가 쿠키를 꺼내 들었다는 것은 그만큼 절박하다는 뜻이다. 그 순간 꺼내 든 쿠키가 툭, 둔탁한 소리와 함께 갈라지며 우수수 가루를 떨어뜨리는 것만큼 실망스러운 일은 없다. 몇 번의 실망스러웠던 최후의 순간을 통해 나는 쿠키를 살 때면 꼭 질감을 묻는 법을 배웠다. 나는 촉촉한 쿠키를 좋아한다.

주문과 다른 음식을 받아도 직원을 불러 확인할 줄도 모르는 내가 진지하게 쿠키의 질감까지 묻게 되는 것처럼, 뭔가에 푹 빠져 있는 사람은 집요해지기도 한다. 좋아하는 것을 얻기 위해 애를 쓰게 되니 말이다.

르뱅 쿠키를 처음 먹었을 때, 개발자에 대한 찬사가 저절로 터져 나왔다. 분명 나처럼 촉촉한 쿠키를 좋아하는 누군가가, 아니 쿠키에 미쳐본 적 있는 어떤 천재가 부드러운 쿠키의 식감을 극대화하기 위해 빵처럼 크기를 키워 만들고 쿠키라 이름 붙였으리라. 분명 맛과 질감은 쿠키인데, 두께가 일반 쿠키보다 몇 배는 두꺼워 빵 혹은 스콘이라고 해도 이상하지 않을 모양이다. 반으로 쪼개면 '바삭'하고 부서

지는 게 아니라 살짝 굳다가 만 점토처럼 스르륵 갈라지고 만다. 꾸덕꾸덕하게 갈라진 반쪽을 한 입 베어 물면 쿠키 덩어리는 이가 닿는 모양대로 부드럽게 잘린다. 바삭함은 거의 느껴지지 않아서 내가 빵을 먹은 게 아닐까 하는 착각이 든다. 르뱅 쿠키 중에서도 초콜릿 칩 쿠키는 나의 최애 쿠키가 될 수밖에 없었다.

어느 날, 지인이 직접 구웠다며 갖다준 촉촉한 쿠키가 나와 아이들의 입맛을 사로잡았다. 르뱅 쿠키처럼 도톰하진 않았지만 틀림없는 촉촉한 초콜릿 칩 쿠키였다. 칭찬을 아끼지 않던 내게 지인이 알려준 레시피는 너무나 간단했다. 재료를 한데 넣어 섞은 후 굽기만 하면 이 맛이 난다고, 어떻게 해도 맛이 없을 수가 없다고 했다. 여간해선 베이킹을 하지 않는 나도 귀가 솔깃해져 재료를 준비해 아이들을 부엌으로 불러냈다. 아이들은 마냥 신났지만 나는 꽤나 비장했다. 유튜브 영상까지 참고하며 계량하고 섞어 반죽을 만든 후, 각자 원하는 크기로 모양내어 오븐에 넣었다.

한 꼬집 넣은 베이킹파우더 덕분에 반죽이 도톰

하게 부풀어 오르고, 색이 살짝 갈색빛으로 변한 것을 확인한 후 팬을 오븐에서 꺼냈다. 한 김 식혀 손으로 반을 갈랐는데 세상에, 촉.촉.하.지. 않은 거다. 두툼하게 만든 큰아이의 쿠키는 제법 폭신했지만 작은아이가 만든 얇은 쿠키는 달걀 과자처럼 납작하고 딱딱했다. 실패였다. 오븐마다 온도와 시간이 천차만별이라기에 확인한다고 너무 자주 문을 열어 확인한 탓이었을까. 누가 해도 실패할 수 없다더니 그 누구에도 못 든 사람이 나였다.

"어때?"

오븐을 여는 소리에 달려온 아이들에게 차마 망했다고 말할 수 없어 말없이 쿠키를 내밀자 아이들은 용케 자기가 만든 쿠키를 찾아 집어 들었다. 조심스레 베어 무는 모습이 어찌나 귀엽던지. 비록 실패했지만 함께 만들길 잘했다는 생각이 잠시 스쳤다. 반짝한 눈빛이 실망의 눈빛으로 바뀔까 조마조마한 마음이 미안함으로 바뀌려는 찰나, "엄마, 너무 맛있다! 지금 다 먹으면 안 되겠지?"

능글맞게 배시시 웃으며 몇 개나 먹어도 되냐, 남겨서 다음 날 간식으로 싸가도 되냐는 아이들의 반응에 안도의 한숨이 새어 나왔다.

"다행이다. 근데 촉촉하지 않아서 엄마는 조금 실망이야."

"그건 그렇긴 한데, 이대로도 너무 맛있어. 엄마, 우리 다음에 또 만들자."

아이들은 활짝 웃으며 선 채로 몇 개 더 집어 먹었다. 아이들을 따라 하나 더 집어 먹은 쿠키가 처음 것보다 덜 딱딱한 느낌이 든 건 기분 탓인가. 진짜, 나쁘지 않네?

실패한 쿠키는 없었다. 나처럼 질감에 예민한 사람에게나 딱딱한 쿠키가 실패지, 아이들에게는 원하는 만큼 초콜릿 칩을 잔뜩 넣어 만든 성공한 쿠키였던 거다. 지인의 말은 틀리지 않았다. 어떻게 만들어도 맛이 없을 수가 없었다.

어떤 도전이든 성공과 실패가 따른다. 누군가는 성공만 기억하는 세상이라고 하고, 또 다른 누군가는 세상에 실패 같은 건 없다고 한다. 도전과 성공만 있을 뿐이라는 멋진 말을 하는 사람도 있다. 그러나 누가 뭐래도 초콜릿 칩 쿠키 레시피 같은 일들이 하나쯤은 있었으면 좋겠다. 누가 만들어도 성공할 수밖에 없는 그런 일. 실패라는 이름을 붙이려야 붙일 수 없는 그런 일 말이다. 새로운 일을 앞두고 좀처럼 용기가 생기지 않는 날엔 초콜릿 칩 쿠키를 만들어보자. 어떻게 만들어도 실패할 수 없는 쿠키. 온갖 도전이 넘치는 세상에서 잠시 성공이니 실패니 그런 것들을 잊을 수 있는 특효약이 되어주지 않을까.

사랑 앞에 취향 따위
- 소시지 빵

WHAT IF…?

무슨 냄새지…?

걸려들었군.
몸이 저절로 움직여…

큰일을 도모하지는 못했을 듯…

순전히 개인적인 취향이지만 나는 빵에 육류가 섞이면 안 된다고 생각한다. 버터와 밀가루의 풍미가 햄이나 소시지의 자극적인 맛에 가려져 빵이라 부르는 게 다른 빵들 보기 부끄럽달까(단, 피자와 햄버거는 예외). 대표적으로 빵집의 고전 메뉴인 소시지 빵이 있다.

아이를 키우며 놀란 일이야 손에 꼽을 수도 없이 많았지만 빵 덕후로서 가장 놀란 순간은 내 아이들이 빵보다 밥을 좋아한다는 것을 확인했을 때다.

'어떻게 내 배에서 나온 아이들이 빵을 싫어할 수가 있지?'

따지고 보면 나 때문이다. 혹여나 나처럼 밥보다 빵을 좋아해서 어려서부터 밥을 거부하면 큰일이라고 미리부터 겁을 먹었다. 엄마 12년 차인 지금이야 유연성으로 말할 것 같으면 다리를 백번도 찢을 정도지만, 초보 엄마 시절의 김혜진은 아이에게 한 끼라도 빵을 먹이면 빵 맛에 눈을 뜰까 봐 조금도 용납하지 않는, 융통성이라고는 눈 씻고 찾아볼 수 없는 엄마였다. 빵이 먹고 싶어질 때면 냉장고 한쪽 문을 열어 그 뒤에서 몰래 먹고 아침저녁으로 열심히 밥과 반찬을 해 먹였으니 아이들이 빵보다 밥을 좋아하는 게 당연했다. 아이들이 컸으니 이만하면 빵으로 식사를 해결해도 괜찮겠다 싶었을 땐 이미 늦어버렸다. 아이들은 늘 "밥을 달라"고 외쳐댔다.

가족과 함께 빵을 나눠 먹는 기쁨을 포기할 수는 없었기에 아이들에게 빵 맛을 알려주려고 무던히도 애를 썼다. 윗부분만 먹어도 된다며 건넨 소보로빵, 진득한 초콜릿이 박힌 초콜릿 식빵, 친정 엄마표 딸기잼을 잔뜩 바른 우유 식빵. 이 모든 노력은 아이들의 접시에서 잠시 스칠 뿐 결국 모두 내 입으로 들어왔다.

작은아이 예방접종을 하러 동네 소아과에 간 날이었다. 수고한 내게는 빵과 커피를, 울지 않고 주사를 잘 맞은 아이에게는 캐릭터 젤리를 사주기 위해 병원 1층에 자리한 프랜차이즈 빵집 문을 열었다. 여느 때처럼 신중하게 오늘 먹을 빵을 고르는 나를 졸졸 따라다니던 아이가 "우와"하며 멈춘 곳이 있었다. 바로 소시지 위에 케첩과 마요네즈가 범벅된 소시지빵 앞이었다. 아이가 자기 손으로 빵을 고르다니, 한껏 격앙된 목소리로 이 빵을 먹어보겠냐고 묻자 고개를 격하게 끄덕였다. 마음이 바뀔까 봐 재빨리 소시지 빵을 쟁반에 담고 냉장고에서 초코 우유도 꺼냈다. 나를 위한 커피까지 주문하고 우리는 테이블에 자리를 잡았다. 능숙한 솜씨로 비닐을 벗겨 빵을 내밀자, 아이가 기다렸다는 듯 입으로 가져갔다. 오물오물 열심히 움직이는 작은 입을 바라보며 물었다.

"어때? 맛있어?"

무심하게 고개를 끄덕인 아이는 앉은 자리에서 절반이나 먹었다. 이 정도면 대성공이다. 드디어 아이가 먹을 만한 빵을 찾았다는 생각에 입꼬리가 올라갔다. 빵에 육류가 섞이고 말고는 전혀 중요하지 않았다. 지금껏 소시지 빵을 권하지 않은 내가 미련해 보일 지경이었다. 드디어 우리 집 아침 식탁에도 빵을 올릴 수 있겠다는 기대감에 가슴이 뛰었다.

그 후로도 아이들은 빵보다는 밥을 더 좋아했지만, 종종 빵으로 아침을 먹고 싶을 때 나는 늘 사던 빵인 듯 소시지 빵을 사서 아이들에게 내밀었다. 어른들은 어른들대로, 아이들은 아이들대로 간소하고 즐거운 아침을 먹었다.

어릴 때 엄마가 해준 참치 김치찌개가 생각났다.

돼지고기 김치찌개도 맛있었지만 참치의 가벼운 맛을 좋아했다. 얼마 전 엄마가 참치 김치찌개를 좋아하지 않는다는 사실을 알고 깜짝 놀랐다.

"너희가 좋아하니까 자주 만들었지."

자식에 대한 사랑 앞에서 취향 따위는 아무래도 괜찮은 걸까. 아무렇지 않게 소시지 빵을 담던 내가 떠올랐다. 사랑의 크기를 재는 것만큼 바보 같은 일도 없겠지만 언제나 궁금했다. 친정 엄마의 사랑 크기만큼 과연 아이를 향한 내 사랑도 커질까. 내 사랑도 자라긴 하는가 보다. 아니, 아이에게 전하고 싶은 '빵을 향한 내 사랑'이 자라는 것일까. 아무렴 어때. 빵을 먹으며 나도, 아이도 행복하다면야.

그때보다 많이 자란 아이들은 이제 더 이상 소시지 빵을 고르지 않는다. 큰아이는 내가 먹으려고 사온 크루아상을, 생크림을 듬뿍 올려 먹을 생각으로 사온 바게트를 나보다 많이 먹는다. 여전히 스콘은 싫어하지만 말이다. 작은아이는 얼마 전부터 살사와 함께 베이글을 먹기 시작했다. 모 브랜드의 초콜릿 롤도 먹는다. 딱 이 두 가지만 먹지만 온 가족이 각자 좋아하는 빵을 들고 먹을 수 있는 아침이 감사

하다. 사랑하는 사람들과 즐겁게 빵 먹는 시간이 내
겐 더할 수 없는 큰 행복이다. 그 빵에 육류가 섞였
을지라도.

가깝지도 멀지도 않은
- 소보로빵

가깝지도 멀지도 않은
- 소보로빵

또 빵 샀어?
아~ 그게 있잖아.
BAKERY

요 앞에 김밥집 이사 갔잖아.
거기 빵집이 새로 오픈했더라고.
BAKERY
오여~
새 빵집!
OPEN

무슨 빵을 파나 한번 들어가봤지~
또 그냥 지나치지 못했구먼.

근데 또 소보로
사 온 거 실화?
그놈의 소보로…
난 소보로가
제일 맛있더라!
BAKERY

밀가루와 버터가 만나 만드는 특유의 고소한 향긋함을 사랑한다. 빵 향기는 내게 그 어떤 비싼 향수보다도 더 향긋하다. 향에 이끌려 향수 매장에 들어간 적은 한 번도 없지만 빵 향기에 이끌려 나도 모르게 빵집 문을 여는 날은 허다하다. 배가 고픈 것도 아니고, 빵 먹을 생각도 전혀 없었지만 말이다. 충동적으로 들어간 빵집을 한 바퀴, 두 바퀴 둘러봐도 딱히 당기는 빵이 없는 날에도 무라도 썰겠다는 각오로 가장 무난하게 먹을 빵을 집어 들곤 한다. 나에게 소보로빵이 바로 그런 빵이다.

먹고 나면 입가에 손가락에 알록달록 소스가 잔뜩 묻는 소시지빵보다, 한 입 베어 물면 속에서 크림이 기다렸다는 듯 존재감을 드러내는 크림빵보다 떨어진 부스러기조차 손가락으로 꾹꾹 찍어 깔끔하게 먹을 수 있는 담백한 소보로빵에 더 손이 간다. 달콤하고도 고소한 윗부분의 바삭함도, 우유를 부르는 빵의 퍽퍽함도 좋다. 소보로빵 레시피는 전국적으로 다 같은 걸까? 빵을 덮고 있는 달콤 고소한 윗부분이 얼마만큼이냐, 그 윗부분이 얼마나 바삭하느냐의 차이가 조금씩 있긴 하지만, 소보로빵을 골라 실패할 확률은 거의 없다. 게다가 소보로빵을 팔지 않는 빵집은 없으니 먹고 싶으면 언제든 먹을 수 있다는 것도 좋다.

사람들 앞에 나서는 것을 좋아하지 않았음에도, 중·고등학교 6년 내내 반장을 했다. 모든 과목 시험 점수를 아무렇지 않게 교실 뒷벽에 붙여놓던 시절이었다. 전교에서 수학을 제일 잘한다고 소문이 나서 자습 시간마다 내 자리는 수학 문제를 물어보려는 친구들로 늘 북적였다. 알고 있는 지식을 누군가에게 알려주는 일을 기쁨으로 여기던 나는 친구가 알아들을 때까지 끈질기게 설명해 주곤 했다. 수학 공부를 따로 하지 않고 친구들에게 알려주는 것만으로도 복습이 될 정도였으니 내 수학 실력을 키운 8할은 친구들이라고 해도 과언이 아니다. '공부를 잘하는데 착하기까지 한 애'라고 불렸으니 학기 초 반장 선거 때마다 높은 득표수로 반장이 되는 것도 그리 이상할 일은 아니었다.

그 시절엔 이상한 관행이 있었는데 체육대회 날 반 전체의 간식도, 소풍날 담임 선생님의 도시락도 모두 반장 엄마의 몫이었다는 거다. 처음에는 모든 반의 간식이 빵과 우유였다. 피자빵이냐, 크림빵이냐 종류만 다를 뿐 빵이라는 같은 카테고리였다. 고등학교에 올라가자 햄버거 세트를 먹는 반이 종종 생기기 시작했다. 햄버거 세트가 정확히 얼마인지 모르는 나 같은 애들도 소보로빵보다는 더 비싸다는 것쯤은 알았다. 아이들 사이에서는 체육대회 날 '몇 반이 1등을 할까'보다 그날 간식이 무엇인지가 더 화제가 되기도 했다.

형편이 어렵지는 않았지만 아빠 혼자 돈을 버는데다 고만고만한 딸과 아들이 셋이나 있었으니, 엄마는 항상 절약이 몸에 배어 있었다. 단돈 1,000원을 아끼기 위해서라면 시장과 마트를 몇 번이고 오가는 수고도 마다하지 않았다. 반장을 맡은 딸이 있으니 간식을 보내긴 해야겠고, 다른 반 엄마들은 햄버거를 준비하기도 한다는데 왜 고민이 되지 않았을까. 하지만 엄마의 선택은 언제나 소보로빵이었다. 소보로는 엄마의 딸, 내가 늘 맛있게 먹는 빵이었으니까.

어느덧 초등학생 아이를 둘이나 키우는 엄마가 되고 보니 가장 좋은 것만 주고 싶은 엄마의 마음과 '현실'의 벽 차이를 실감한다. 엄마도 한 번쯤은 햄버거를 보내 내 기를 살려주고 싶은 마음이 있었을 거다. 나 역시 햄버거를 반기며 "반장 최고"라고 외치는 반 아이들 앞에서 으쓱대고 싶은 날도 있었다. "엄마, 오늘 간식 뭐야?" 체육대회를 앞두고 이 짧은 질문을 단 한 번도 해본 적이 없다. "간식으로 뭐 하면 좋을까?" 엄마 또한 내게 한 번도 묻지 않으셨다. 엄마는 6년을 한결같이 소보로빵과 주스 혹은 우유를 보내셨다. 내가 햄버거를 보내달라 떼쓰지 않은 것은 결코 소보로빵을 좋아하기 때문만은 아니었다. 우리 집 가정 형편에 대해 심각하게 고민한 것도 아니었을 거다. 당시에는 정확히 헤아려보지 않았던 그 마음은 아마도 절약이 몸에 밴 엄마에 대한 예의가 아니었나 싶다.

소보로빵 윗부분만 떼어 먹는 사람도 있지만 나는 햄버거를 먹듯이 위층과 빵을 동시에 '앙'하고 베어 먹는다. 퍽퍽한 빵 사이로 쿠키 부분이 바삭 소리를 내며 씹히는 그 조화가 좋다. 아주 가깝지도 멀지도 않은 거리에서 조화를 이루는 엄마와 나 같다. 좋아하는 빵을 보며 엄마를 떠올리는 나는 운이 참 좋다.

완벽한 이해
- 초콜릿 케이크

초콜릿 케이크 종류*

가토 쇼콜라   퐁당 오 쇼콜라
자허토르테   브라우니
가나슈

용어 정리해드림.

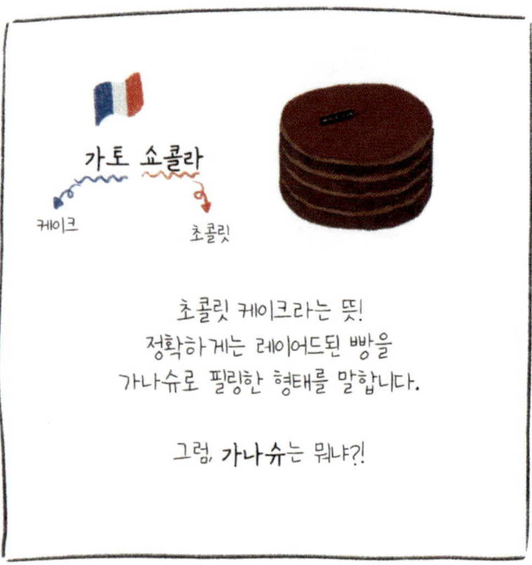

가토 쇼콜라
케이크   초콜릿

초콜릿 케이크라는 뜻!
정확하게는 레이어드된 빵을
가나슈로 필링한 형태를 말합니다.

그럼, 가나슈는 뭐냐?!

가나슈

초콜릿에 생크림, 버터를 넣어 만든 **초콜릿 크림**.
함량에 따라 제형이 정해진답니다.
레이어 사이에 있는 단단하고 꾸덕한 초콜릿도,
가운데 푹 찍었을 때 흐르는 초콜릿도
모두 **가나슈**라는 것!

퐁당 오 쇼콜라

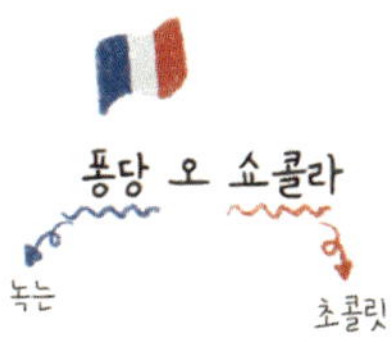

말 그대로 초콜릿이 녹아내리는 케이크.
따뜻하게 데워 포크로 콕 찌르면
가나슈가 주르륵 흘러내려요.

흘러내리는 모양이 용암 같아서
라바 케이크라고도 합니다.

자허토르테

초콜릿 스펀지케이크 사이에 살구잼을 바른 다음,
초콜릿으로 전체를 코팅한 케이크.

코팅된 진한 초콜릿 덕분에 풍미가 깊고
달콤한 살구잼의 단맛이 일품!

브라우니

베이킹파우더를 넣지 않아
부풀지 않고 납작한 초콜릿 케이크.

진한 초콜릿과 버터의 풍미가 일품이지만
칼로리가 어마어마하다고 해요.

세상에는 같은 이름을 가졌으나 누가, 어떤 밀가루와 어떤 버터로, 어떤 오븐에서 만들었는지에 따라 같은 레시피를 가지고도 전혀 다른 맛을 내는 빵이 있다. 어느 가게에서 사든지 비슷한 맛을 내는 식빵이나 소보로빵과 달리 가게마다 전혀 다른 맛을 내는 초콜릿 케이크처럼 말이다. 반죽에 공기가 많이 들어가 폭신함이 일품인 케이크도 있고, 초콜릿을 그대로 녹여 만든 듯 진하고 꾸덕한 케이크도 있다. 겉을 초콜릿으로 코팅한 케이크도 있고, 빵 사이에 잼을 넣은 케이크도 있다. 초콜릿을 그대로 쓴 케이크도 있고, 가나슈를 사용한 케이크도 있다.

빵엔 관심도 없던 남자가 빵 덕후를 만나 하필이면 초콜릿 케이크에 빠져버렸다. 다른 빵은 주면 주는 대로 먹는 남자가 초콜릿 케이크에만 유별난 잣대를 들이대기 시작했다. 아무 케이크나 맛있게 먹지 않았다. 촉촉한 빵보다는 꾸덕한 빵이 좋다고 했다. 달기만 한 싸구려 초콜릿이 코팅된 케이크도, 빵 사이에 잼을 바른 케이크도 싫다고 했다. 조각 케이크의 자른 단면에 보슬보슬한 빵이 존재감을 드러내는 케이크보다는 빵인지 초콜릿인지 구별이 안 될 정도로 진한 케이크를 더 맛있게 먹었다. 여자는 초콜릿 케이크를 볼 때마다 남자를 떠올리게 되었다. 초콜릿 케이크를 즐기지 않는 내가 남편을 위해 초콜릿 케이크를 유심히 살펴보게 된 사연이다.

먹는 것만 봐도 배가 부르다는 말이 있다. 그의 입맛에 딱 맞는 초콜릿 케이크를 맛있게 먹는 모습을 본 후에야 나는 그 말을 제대로 이해했다. 데이트 중에 들어간 카페에서 별생각 없이 고른 초콜릿 케이크를 내 한 입보다 세 배는 크게 먹던 그를 봤을 때 예감했다. '앞으로 그를 위해 초콜릿 케이크를 숱하게 사겠구나.' 어쩌다 운 좋게 그가 맛있게 먹어줄 것만 같은 케이크를 발견한 날이면 빨리 그의 입에 넣어주고 싶었다. 포크 한가득 떠서 입에 넣고는 "바로 이 맛이야"라고 할 때면 그의 케이크 취향마저 모두 파악한 '취향 저격수'가 된 듯한 기분에 취하곤 했다.

지인의 집에 초대받은 날, 그의 취향에 딱 맞을 초콜릿 케이크를 만났다. 손바닥만 한 동그란 케이크는 겉보기엔 촉촉한 초콜릿 빵처럼 보였는데 포크로 쿡 찌르면 케이크 정중앙에 몰려 있던 가나슈가

흘러나왔다. 그 진득한 가나슈야말로 남편이 원하는 촉촉한 초콜릿이었다. 케이크 위에 얹어준 바닐라 아이스크림은 또 어떤가. 아포카토를 좋아하는 그의 취향의 총체라고 확신했다. 구하기가 어렵다고 해도 구해다 줄 열의가 있었는데 심지어 집 앞 마트 냉동 코너에서 산 케이크라고 했다. 먹기 직전 전자레인지에 살짝 돌리기만 하면 된다고 하니, 온 세상이 어서 그 케이크를 그에게 먹이라고 응원해 주는 듯한 느낌마저 들었다.

케이크를 사 와 살짝 데운 뒤 야심 차게 준비한 바닐라 아이스크림까지 한 스쿠프 올려놓고 보니 꼭 광고에 나올 법한 비주얼이다. 눈을 지그시 감고 '이 맛이야'라며 고개를 끄덕일 그를 기대했다. 아니 확신했다. 그런데 한 입 먹은 그의 반응이 시큰둥했다.

"흠… 내 스타일이 아닌데?"

뭐라고? 그럴 리가 없어. 제대로 맛을 보지 못한 거 아니야? 나는 포크를 내려놓는 그에게 한 입 더 권했다.

"이게 아니라고? 한 입만 더 먹어봐. 너무 맛있지 않아?"

거듭 권하는 내게 기어이 남편이 큰 소리로 말했다.

"아, 안 먹는다니까."

"맛없으면 안 먹으면 되지 왜 소리를 질러?"

말해 놓고 보니 아차 싶다. 이미 자기 취향이 아니라고 부드럽게 거절한 남편에게 거듭 권해 짜증을 부른 건 나다. 진심으로 그가 만족스럽게 케이크를 먹는 모습을 보고 싶었던 걸까? 아닌 것 같다. 당신을 향한 나의 선택이 옳았음을, 내가 당신을 이렇게나 잘 알고 있다는 것을 확인하고 싶었던 건 아닐까? 아무리 가까운 부부 사이라도, 한 사람이 다른 사람을 완벽하게 안다는 것이 과연 가능할까?

여전히 그를 위한 초콜릿 케이크 탐방을 즐기는 나를 보면 "다 안다면 재미없지"라는 노래(김국환, '타타타') 가사가 떠오른다. 남편이 좋아할 것만 같은 초콜릿 케이크를 만나면 어김없이 그에게 권하곤 한다. 남편이 이 맛이 아니라고 하면 속으로는 믿을 수 없다고 생각하지만 더 권하지는 않는다. 그의 마음은 그가 가장 잘 알 테니. '근데 여보, 진짜 맛없어?'

그 가게, 그 빵
- 캄파뉴

옷 가게
이 옷은 얼마예요?
4만 원이에요.
잘 어울려요!

둘러보고 올게요^^
네, 보고 오세요!

ㄴ 옷 가게
이 옷은 얼마예요?
3만 5천 원이에요.

둘러보고 올게요^^
······

ㄴ 가게에서 샀지?
무슨 소리야!
ㄱ 가게에서 샀지.
난 친절한 사람한테
사는 게 좋다고!
ㄱㄱㄱ

엥?
더 싼 가게에서
사야 하는 거 아니야?
나… 나만 그래?

내가 사는 동네에는 빵집이 십수 개나 있다. 프랜차이즈 빵집, 작은 빵집, 카페를 겸하는 빵집 등. 그중에 단골이라 말할 수 있는 가게는 네 군데 정도다. 캄파뉴가 맛있는 빵집, 식빵을 전문으로 파는 빵집, 달걀 샐러드 샌드위치가 맛있는 작은 카페, 커피만큼이나 맛있는 앙버터 스콘을 파는 카페. 입맛이 까다로운 편도 아니고 맛의 미묘한 지점을 발견하는 특기도 없다. 무엇보다 세상에 맛없는 빵은 없다고 생각하는 내가 어쩌다 '그 빵'을 사러 '그 가게'를 찾는 사람이 된 걸까.

빵순이로 알려져 있으나 빵지 순례를 즐기지는 않는다. 오히려 집 근처를 산책하다 우연히 만나게 되는 진흙 속의 보석 같은 동네 빵집을 좋아한다. 자연스러운 만남을 추구하는 것이다. 오랜 시간 빵을 좋아하며 얻은 능력이라면, 과장을 조금 보태 간판만 슬쩍 보기만 해도 내 입에 맞는 빵집인지 아닌지를 높은 확률로 알아차릴 수 있다는 것이다. 영화 〈헐크〉에서 감마 폭탄을 연구하던 브루스 배너가 감마선에 노출되며 초록색 괴물로 변하는 괴력을 얻게 되었던 것처럼 빵 향기에 너무 많이 노출된 덕분인지 모르겠다. 맛집일 거라는 예상이 맞아떨어질 때마다 베이커리계의 히어로가 된 것만 같아 어깨가 빵빵해진다.

'이 빵집이 바로 내 빵집이다'를 알아볼 수 있는 그 촉을 뭐라고 표현해야 할까. 애석하게도 나의 얄팍한 표현력으로는 마땅한 문장이 떠오르지 않는다. 외관이 세련됐다, 소박하다, 넓다, 좁다 등 한마디로 딱 떨어지지 않는 것만은 확실하다. 다만 이 가게를 꾸리고 있는 사람이 나만큼이나 빵에 진심이라는 것이 느껴지는 무엇을 발견하는 것이다. 이를테면 빵집이 있을 만한 위치가 아닌 곳에서 당당하게 빵 향기를 풍기는 빵집을 보며 '빵집을 열지 않고서는 미칠 것 같았던 사장님'이 떠오른달까.

우리 집에서 아이들 학교로 이어지는 길에는 빵집이 하나 있다. 아침부터 골목에 풍기는 버터 향기 때문에 빵 생각이 없다가도 나도 모르게 유리문을 열었던 날이 하루 이틀이 아니다. 이 집으로 이사 와서 아이들이 다니게 될 학교를 보러 가는 길에 만난 그 빵집 앞에서 촉이 발동했다. 설명할 수 없는 힘에 이끌려 문을 열자, 밖에서 보이는 것보다 넓은 안쪽 공간이 눈에 들어왔다. 내 나이 또래의 여자들이 삼

삼오오 모여 앉아 커피와 빵을 즐기고 있었다. 초등학교 앞이라는 유리한 지리적 위치에 모임에 적합한 공간을 갖춘 카페를 겸한 빵집이라니. 맛은 뒷전일 가능성이 크지 않겠냐는 합리적인 의심이 들기 시작했지만 문을 열고 들어간 이상 어떤 빵을 파는 곳인지 확인은 해야 했다. 한 바퀴 둘러보니 동네 빵집이라고 하기엔 꽤 다양한 종류의 빵을 팔고 있었다. 메뉴가 다양한 식당치고 뭐 하나 제대로 맛을 내는 걸 못 봤는데… 오늘 촉은 틀린 것 같으니 이제 그만 나가야 하나 고민하던 찰나, 호밀 크랜베리 캄파뉴가 눈에 들어왔다. 가게를 알아보는 눈만큼이나 발달한 나의 또 다른 능력은 그 가게의 시그너처를 알아보는 것인데, 그날 호두 크랜베리 캄파뉴는 다른 빵보다 유독 크게 보였다.

캄파뉴가 담긴 투명한 봉투를 한 손에 들고 천천히 다른 빵을 둘러보았다. 적어도 두 종류는 먹어봐야 가게를 판단할 명분이 생기는 법이다.

"찰떡 영양빵도 맛있다고들 하세요. 캄파뉴를 고르시길래 담백한 빵 좋아하시는 것 같아서요."

여유롭고 단단한 말투에서 느껴지는 자부심. 누

가 봐도 사장님이 틀림없는 중년 여성이 환하게 웃으며 말했다. 빵에 떡을 섞어 건강한 척하는 메뉴를 즐기지는 않지만 사장님의 환대에 화답하는 마음으로 영양 빵도 집어 들었다. 빵과 함께 카드를 내미는 내게, 사장님은 한 입 크기의 빵 조각이 소복이 담긴 접시를 내밀었다. 빵 시식이라니, 그것도 세종류나. 시식이란 무릇 자신감의 표현인 것을. 조금 전 느껴지던 여유와 자부심의 출처를 찾았다.

집으로 돌아와 접시에 빵을 덜어내자, 마치 겨울 산을 덮은 하얀 눈처럼 빵 위에 뿌려진 밀가루가 눈에 들어왔다. 엄지손톱만 한 두께로 썰린 빵들이 한쪽으로 누울 때마다 아낌없이 넣은 호두와 크랜베리가 보였다. 한 조각 집어 입에 넣으니 오독오독 씹히는 호두와 함께 크랜베리의 시큼한 달콤함이 올라온다. 맛만 보려고 딱 한 조각만 먹으려 했건만 손이 저절로 빵에 간다. 그렇게 몇 조각을 더 집어 먹었지만 전혀 더부룩하지 않았다. 치즈나 크림이 잔뜩 올라간 빵을 먹고 난 후처럼 느끼하지도 않았다. 입도, 속도 모두 편안했다.

며칠 뒤 갑자기 집에 손님을 초대하고 간식으로

무얼 드릴까 고민하다 그 빵집에 갔는데 캄파뉴가 없
는거다.

"캄파뉴 없나요?"

아쉬움이 묻은 나의 목소리에 사장님이 바로 뒤
오픈 키친에서 열심히 빵을 만드는 파티시에에게 묻
는다. 전과 같은 친절한 말투다.

"캄파뉴 몇시에 나오죠?"

한 시간 후에야 나온다는 캄파뉴를 봉지에 담지
못했지만 나만큼 아쉬워하던 사장님 얼굴을 확실히
기억에 담았다.

그 후에도 그 빵집에 갈 때마다 캄파뉴 맛은 물
론 사장님의 친절함은 나를 실망시킨 적이 없다. 캄
파뉴는 언제나 같은 맛을 유지했고, 사장님은 늘 친
절하셨다. 심지어 아낌없이 내어주는 시식 빵도 변
함없었다. 신메뉴가 나올 때마다 어떤 빵인지 설명해
주며 시식을 권하셨고, 언젠가부터는 작은 빵을 하나
씩 더 넣어주기도 하셨다. 아이가 식단 조절로 유제
품을 피해야 했을 땐 진심으로 안타까워하시며 거듭
재료를 확인하고 나서 바게트를 쥐여주셨다. 친절한
사장님에게 단단히 빠져버린 나는 그렇게 단골이 되

었다.

사장님이 아무리 친절한들 맛없는 빵을 파는 빵집의 단골이 될 순 없다. 단골 캄파뉴 빵집은 캄파뉴 빵을 닮았다. 그래서 자꾸 간다. 자주 찾아도 부대끼지 않는다. 입도 마음도 편안하다. 경쟁하듯 생기는 맛있는 빵집 가운데서 나는 돈을 많이 벌기 위해 빵을 파는 가게보다는 빵에 마음도 함께 담아 파는 곳에 돈을 쓰고 싶다. 파는 사람도 받는 사람도 부담스러운 친절이 아닌, 손님의 필요에 집중하는 그 마음이면 충분하다.

오해해서 미안해요 - 마카롱

크게 다투고 난 후에도

무의식적으로 엉뜨를 눌러주는 너의 손가락에서

사랑을 느껴.

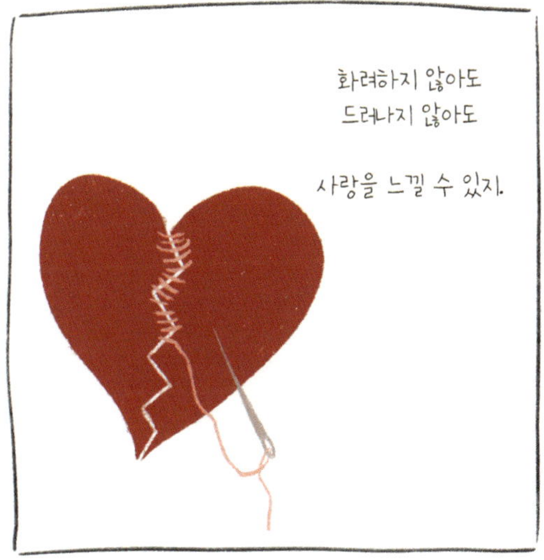

화려하지 않아도
드러나지 않아도

사랑을 느낄 수 있지.

전에 살던 동네는 관악산 둘레길과 이어지는 숲 세권이었다. 창 너머 가득 보이는 하늘과 나무, 서울 치고는 맑은 공기, 분주하지 않은 거리, 모든 것이 좋았지만 근처에 편의 시설이 별로 없다는 것 하나가 아쉬웠다. 집 앞으로 들어오는 유일한 마을버스를 타고 20분 정도 나가야 식당, 카페, 편의점이 보이기 시작했다. 게다가 상가들은 좁은 골목골목에 있어서 어린 둘째와 한 몸처럼 붙어 다니던 시절의 내가 가기에는 쉽지 않았다.

그 동네에는 지인이 나보다 먼저 이사 와 살고 있었다. 오랜만에 만난 그녀는 동네 이곳저곳을 소개해 주겠다며 커다란 SUV에 우리 모자를 태우더니 작은 카페 앞에 차를 세웠다.

"여기 마카롱이 진짜 맛있어."

마카롱은 내가 즐기지 않는 몇 안 되는 디저트 중 하나다. 우선 마카롱의 상징과도 같은 그 알록달록한 색이 식욕을 떨어트린다. 인공색소를 넣어 색을 낸 것이 아무래도 자연스럽지가 않다. 샌드 사이의 크림도 마찬가지다. 크림을 즐기지도 않는 데다 어떤 질감일지 입에 넣기 직전까지는 상상되지 않는 그 느끼한 불확실성이 맘에 들지 않는다. 파리 여행 중에 정말 끝내주는 마카롱을 먹어본 적이 있지만, 그 기억이 너무 완벽해서 다른 마카롱을 시도하기가 더 쉽지 않았다.

시장 근처의 낡은 건물 1층에 있는 마카롱 가게는 치킨집과 호프집, 횟집과 이웃인 터라 지인의 소개가 아니었다면 나의 예민한 빵 촉에도 전혀 닿을 수 없는 작은 동네 카페였다. 카페에는 작은 테이블이 세 개쯤 있었고 익숙한 제목의 책들이 꽂혀 있는 책장이 한쪽 벽을 차지하고 있었다. 계산대 바로 옆 투명 냉장고에 마카롱이 줄지어 놓여 있어 이곳이 마카롱 가게라는 걸 겨우 알 수 있는 곳이었다. 손님을 반기는 기색조차 없는 남자 사장님이 테가 진한 안경을 쓰고 계산대에 서 있었다. 무표정의 그는 꼿꼿했고, 단정했으며, 정갈했다. 지인이 다양한 맛의 마카롱을 주문하자 사장님이 말했다.

"드실 때까지 시간이 얼마나 걸리죠? 댁으로 바로 가시나요? 바로 드시지 않을 거면 냉동실에 넣었다가 드시기 전 상온에 살짝 두면 됩니다. 가시는 데 30분 이상 걸리면 냉장 포장을 권합니다. 냉장 포장은 추가 비용이 있고요.”

집까지 차로 5분이라고 하니 일반 봉투에 담아 주시며 가자마자 냉동실에 넣어야 한다고 다시 한번 힘주어 얘기했다.

‘뭐 얼마나 차이가 난다고.’

분명히 우리 쪽이 돈을 내고 사는 사람인데 어째 파는 쪽이 더 깐깐한 느낌이었다. 함께 지인의 집으로 가서 커피를 내리고 마카롱을 꺼냈다. 사장님의 그 꼿꼿한 태도 덕분이었을까. 평소라면 고사했을 마카롱을 덥석 집어 들었다. 실패하기 힘든 쇼콜라부터 입에 넣었다. 볼 때마다 너무 딱딱해 보여서 이가 박힐 것만 같았던 샌드는 의외로 폭신했다. 차가운 크림은 이에 닿자마자 살짝 녹아 적당히 쫀쫀한 아이스크림 같았는데, ‘내가 초콜릿이다’라고 존재를 강하게 드러내는 진한 향이 일품이었다.

“정말 맛있네요!”

다음을 부르는 맛이었다. 곧바로 집어 든 밀크티 마카롱의 시원한 얼그레이 향은 정말 강렬했다. 너무 부드럽지도 딱딱하지도 않은 아이스크림 같은 크림. 사장님이 왜 그리 깐깐하게 시간을 확인했는지 알 것 같았다. 마카롱의 생명은 크림 온도였구나!

맛있는 것을 먹으면 함께 나누고 싶은 사람들이 떠오른다. 다음 날, 남편에게 줄 마카롱을 사러 갔다. 며칠 뒤에 집에 놀러 오기로 한 여동생의 몫까지 넉넉하게 고르고 나니 어제와 똑같은 모습의 사장님이 똑같이 물으신다.

"드실 때까지 시간이 얼마나 걸리죠? 댁으로 바로 가시나요?"

이왕 돈을 써야 한다면 다정한 친절을 베푸는 가게에 쓰는 것이 옳다고 생각했지만, 틀렸다. 빵에 대한 진심은 다양한 형태로 드러난다. 캄파뉴 사장님은 다정함으로, 마카롱 사장님은 깐깐함으로 나타난다. 겉모습만 보고 마카롱을 오해했던 것처럼 마카롱 사장님을 오해할 뻔했다.

대체로 진심은 친절로 이어진다고 믿지만 종종 친절로 포장되지 않은 진심을 마주하곤 한다. 아빠가 무심히 툭 건네던 붕어빵의 온기에서, 남편이 미리 눌러둔 자동차 '엉뜨'버튼에서 무뚝뚝한 친절을 느낀다. 이번엔 다행히 오해를 거두고 진심을 발견했지만, 세심하게 살피는 것을 잊는 나는 다시 누군가를 오해할지도 모른다. 오해가 오해를 부르지 않도록 가끔은 내가 가진 편견을 깰 줄도 알아야 하고, 모른 척 믿어보는 무모함도 필요하다.

　다른 동네로 이사 온 후 마카롱 사장님의 인공지능 같은 딱딱한 말투를 들을 기회가 사라졌지만, 여전히 그 동네에 사는 지인은 팬데믹 기간 동안 가게가 문을 닫을까 봐 주기적으로 마카롱을 사고 있다고 했다. 각자의 방식으로 마카롱과 사장님을 아끼는 우리를 보면 진심은 통한다는 말이 맞긴 한가 보다.

선물
- 카늘레

연말이 되면

고마웠던 사람들을
떠올린다.

선물을 주는 사람은 나.

너무 맛있네요!!
고마워요~~
따뜻한 마음을
받는 사람도
나.

가족들이 각자의 자리를 향해 집을 나선 고요한 아침. 내가 가장 좋아하는 이 시간, 소파에 몸을 맡긴 채 메모장을 열고 한 해 동안 나와 우리 가족에게 크고 작은 힘이 되어준 사람들을 떠올리며 이름을 쭉 적는다. 빠진 사람은 없는지 꽤 공을 들여 확인한다.

섬세하지 못한 내가 1년 중 가장 꼼꼼해지는 순간이라고 해도 과언이 아니다. 매년 12월, 감사 선물 리스트를 작성하는 일은 한 해를 함께해 줘서 고맙다는 의미를 담는 나만의 경건한 의식이다. 이 리스트에는 취향은 물론이고 근황까지 속속들이 알고 있는 나의 지인부터, 이름도 나이도 잘 알지 못하는 아이의 교회학교 선생님까지 다양한 사람들의 이름이 적혀 있다.

이제 이름 옆에 준비할 선물을 적을 차례다. 선물을 고르는 일은 생각보다 어렵지 않다. 지난 1년간 내 입을 스친 수많은 음식이 떠오르는 덕분이다. 나는 '먹는 것'과 '가성비'는 어울리지 않는 단어라고 본다. 내게 음식은 돈을 주고 사서 먹을 만한가 아닌가로 나뉘는데, 일단 돈을 주고 사서 먹을 만하다고 분류된 음식에 대해서는 그 가격이 합리적인지 따지기보다는 오로지 '먹고 싶은가'하는 것이 구매 기준이 된다. 아무리 싸도 그 기준에 미치지 못하면 구매 욕구가 일지 않는달까. 또 당장 구하기 어려운 핫한 동네의 소문난 맛집보다는 이왕이면 바로 찾을 수 있는 동네 맛집을, 온라인 주문이 가능한 맛집을 즐긴다. '지금' 먹고 싶은 음식을 당장 구할 수 없는 것은 내게 크나큰 실망인 탓이다.

특히 빵에 진심인 나는 '이 가격에 이걸 먹는다고?'라는 반응이 나오는 가격일지라도 궁금하면 시도한다. 마음에 드는 가방을 발견하면 밤에 자려고 누워도 그 가방이 아른거린다던 친구의 말이 이해가 가지 않았는데, 가방 대신 빵을 대입했더니 그게 꼭 내 얘기다. 고백하자면, 밤까지 아른거리는 음식은 없었다. 무슨 맛일까, 식감은 어떨까, 어떻게 포장되어 올까 하는 호기심과 욕망이 밤이 되기도 전에 이미 클릭을 부른 덕분이다. 빵이 거기서 거기라는 말은 사양하고 싶다. 흔하디흔한 소보로빵만 해도 그 달콤하고 고소한 윗부분이 빵을 얼마나 덮고 있느냐에 따라 내겐 전혀 다른 빵이 되어버리니 말이다. 어쨌든 아른거리는 그것이 명품 가방이 아닌 것은 천만다행이다. 빵은 비싸봤자다.

철저한 경험주의에 입각한 데이터베이스는 머릿속에서 가격대별로 빠르게 정렬된다. 내게 주어진 예산안에서 수량을 맞추어 리스트를 완성한다. 감사한 마음의 크기와 선물 가격대를 맞추는 것이 관건이다. 주문을 마치고, 선물을 받게 될 지인들의 얼굴을 떠올려본다. 생경한 표정도 좋고, 이미 아는 맛집이었다는 반응도 좋다. 선물을 잊을 즈음, 정말 맛있었다며 어디서 산 거냐고 묻는 메시지는 더욱 좋다. '선물이 제 역할을 해냈구나'하는 뿌듯함이 온종일 나를 둥둥 감싼다.

내 선물을 받는 이들은 대부분 누군가의 엄마, 혹은 아빠다. 본인을 위해서 돈 쓰는 것보다 아이들을 위해서 쓰는 데 익숙한 사람, 자신을 위해 돈을 쓸 때만큼은 가성비를 따지는 사람. 그 사람들에게 작은 호사를 누리게 해주고 싶은 마음을 담는 것이 선물을 고르는 나만의 기준이 되었다.

지난해 선물 리스트에는 카늘레를 넣었다. 프랑스 보르도 지방의 수도원에서 만들기 시작했다고 해서 '카늘레 드 보르도(Canelés de Bordeaux)'라는 정식 명칭을 가진 카늘레는 프랑스어로 '세로로 홈을 판', '세로로 주름을 잡은', '세로로 골이 진'이라는 뜻으로, 독특하게 생긴 카늘레를 만드는 틀을 가리킨다. 작은 종 모양의 카늘레는 단정한 생김새부터가 고급스럽다. 만들기가 까다롭다던데, 그래서인지 작은 크기에 비해 가격이 사악하다는 평이 지배적이다. 그러나 제대로 만든 카늘레를 입에 넣는다면 누구라도 '아'하는 외마디 탄성을 내뱉을 것이다.

나의 첫 카늘레가 그랬다. 지난해 잠시 미국 샌디에이고에서 머물렀을 때, 누구보다 나의 빵 사랑을 잘 알고 있는 지인이 빨리 먹어보라고 성화였던 '케이커리 샌디에이고'의 카늘레를 처음 입에 넣은 순간을 잊지 못한다. 겉 질감이 만드는 '바삭'하는 소리는 영화 속 주인공의 첫 키스 장면에 울려 퍼지는 종소리와 닮았다. 그 '바삭'을 뚫고 들어가면 바닐라와 럼이 만들어내는 달콤함이 혀를 감싼다. 게다가 부드럽고 촉촉하기까지. 그야말로 '겉바속촉'의 정석을 만나는 것이다.

카늘레를 먹어봤지만 겉바속촉을 느끼지 못해 고개를 갸우뚱한 경험이 있다면 당신은 카늘레를 먹을 최적의 타이밍을 놓친 것일 뿐이다. 카늘레는 만들고 나서 언제 먹느냐에 따라 질감이 천차만별이라고 한다. 시간이 지날수록 바삭함이 사라지기 때문이다. 카늘레를 받을 때마다 "언제 만들었으니 언제까지 드세요"고 말하던 케이커리 사장님 덕분에 나는 언제나 바삭한 카늘레를 먹을 수 있었다. 가장 좋은 맛을 팔고 싶은 그녀의 진심이 선물을 준비하는 나의 마음을 쏙 빼닮았다.

선물은 좋은 사람에게 좋은 것을 주고 싶은 마음에서 출발한다. 내게 좋은 것이 남에게도 좋을 수만은 없다는 것을 알기에 가끔은 그 고민이 버거운 것이 사실이다. 결제 클릭을 앞두고 금액 앞에서 손이 덜덜 떨려 수량을 줄이는 날도, 리스트를 다시 작성하는 날도 있지만 고심에 고심을 거듭한 선물은 대체로 마음에 닿는 것을 느낀다. 일상의 작은 호사를 선물해 주고 싶은 내 의도가 닿으면 그간의 노력과 들인 돈보다 훨씬 큰 보상을 받은 것만 같아 고민한 마음이 부끄러워진다.

남을 기쁘게 하는 일과 나를 기쁘게 하는 일이 같다는 것은 큰 즐거움이다. 손바닥보다 작은 카늘레가 누군가를 기쁘게 할 수 있다면 앞으로도 나는 그 기쁨을 사는 일에 돈을 아끼지 않겠다. 글을 쓰다 보니 또 카늘레가 먹고 싶어진다. 선물을 핑계로 내 것도 하나 더 주문해야겠다.

빵 좀 그만 먹으라던 남편에게 드디어 할 말이 생겼다. 빵 얘기로 책을 썼으니 이만하면 먹을 만하지 않냐고. 작은 바람이 있다면 지금까지 빵에 쏟았던 돈의 일부만이라도 이 책을 통해 회수할 수 있… 아니다. 너무 큰 욕심이다.

열한 가지 빵을 주제로 글을 쓰면서 내게 빵은 단순히 '맛있는 음식'이 아니었음을 깨달았다. 빵은 곧 추억이고, 기쁨이었다. 어떤 사람은 책으로 인생을 배웠다고 하고 술이나 운동으로도 인생을 배운다고들 한다. 나는 빵으로 인생을 배운다. 고작 빵을 먹으며 내가 이런 생각을 했다는 것이 놀라울 정도로 빵을 통해 많은 것을 느꼈다.

소확행으로 시작한 빵 이야기지만, 내게 빵은 결코 소소하지 않았음을 고백한다. 빵을 먹으며 즐거웠고, 빵을 그리며 흐뭇했고, 빵 이야기를 쓰며 기뻤으니 아주 크고 확실한 행복이었다. 뭐든 노래하는 마음으로 더 많은 빵을 사랑해야지. 그리고 나에게 주어진 빵을 더 먹어야지. 역시 '빵빵익선'이다.

이 자리를 빌려 먼 옛날 처음 빵이라는 것을 만든 이에게 감사한다는 말을 전하고 싶다.

"당신은 한 인간의 인생을 구한 것이나 다름없습니다."

빵빵익선 ⓒ 김혜진

발행일	2024년 9월 30 일
글, 그림	김혜진
제작 도움	우디앤마마

발행처 인디펍
발행인 민승원
출판등록 2019년 01월 28일 제2019-8호
전자우편 cs@indiepub.kr
대표전화 070-8848-8004
팩스 0303-3444-7982

정가 11,000원
ISBN 979-11-6756610-2 (02810)

이 도서는 마포구 브랜드 서체 Mapo 금빛나루(마기찬 디자인), 네이버
나눔손글씨 다채사랑 서체, 네이버 나눔손글씨 성실체를 사용했습니다.
도서의 내용 전부 또는 일부를 재사용하려면 저작자의 동의를 받아야 합니다.
@hyejin_talented